ANNE STEINWART

WER HAT SCHON FLÜGEL

GEDICHTE

Ein **Brigitte**-Buch
bei Goldmann

Umwelthinweis:
Alle bedruckten Materialien dieses Taschenbuches
sind chlorfrei und umweltschonend.

Der Goldmann Verlag
ist ein Unternehmen der Verlagsgruppe Bertelsmann

Vollständige Taschenbuchausgabe September 1994
Wilhelm Goldmann Verlag, München

Umschlaggestaltung: Design Team München
Herausgeberin: Anne Volk
Lektorat: Marita Heinz
Satz: IBV Satz- und Datentechnik GmbH, Berlin
Druck: Presse-Druck Augsburg
Verlagsnummer: 13740
ss · Herstellung: Heidrun Nawrot
Made in Germany
ISBN 3-442-13740-3

1 3 5 7 9 10 8 6 4 2

Inhalt Seite

Seite

Seite

Seite

Ordnungsliebe

Immer
wenn ich mich vereinnahmt fühle
mich verloren hab
in meinen Pflichten und
den Erwartungen der anderen
setze ich mich an den Schreibtisch
schaue aus dem Fenster
spiele mit den Büroklammern
und male Blümchen aufs Papier
entziehe mich dem Zwang
etwas Nützliches zu tun,
bin bei mir selbst zu Besuch.
Manchmal entsteht dabei ein Gedicht
ein bißchen Ordnung in meinen
Gedanken
und manchmal ist anschließend
nur das Durcheinander auf dem
Schreibtisch geordnet.

Steckbrief

Eine Schnecke
bin ich
kriech den Vögeln
hinterher.
Träum mich
in Wolkenvogelnester
in meinem Haus
auf meinem Rücken.
Kann nicht
singen
schreib meine Lieder
auf Papier.
Kriechspuren
meine Gedichte.

Wüßte ich nicht

Einfach abhauen sollte man
einfach weggehen
in eine andere Stadt
zu anderen Menschen
zu einem neuen Leben.
Wüßte ich nicht
daß ich mich mitnehmen muß
daß ich mich nicht zurücklassen kann
wie einen alten Stuhl
ich würde es versuchen
ein neues Leben
in einer anderen Stadt.

Zeitweise beunruhigt

Du stehst auf der Bühne
schaust beunruhigt zu
wie du aus der Rolle fällst
weißt nicht
bist du heute
Tochter oder Mutter
Ehefrau Freundin
oder Schwiegertochter
Schwester oder Schwägerin
für heute
ist dein Text vergessen.

Du bist du selbst
ohne Verkleidung
und nichts fällt dir ein.
Schweigend schaust du
dir zu kannst dir nicht
selbst soufflieren
trittst auf der Stelle
bist stumm
bis jemand von der Regie kommt
und dich
an dein Stichwort erinnert.

Als hätten wir eine Ewigkeit Zeit

so verplanen wir
unsere Tage.
Zeit ist Geld
ist eine Wahrheit
Zeit ist Leben
eine andere.
Wenn wir uns keine
Zeit nehmen
zum Betrachten und
Kennenlernen
zum Verweilen und
Nachdenken
verlernen wir
zu leben.

Wir verschieben
alles
auf morgen
auf nächstes Jahr
auf später
als hätten wir
eine Ewigkeit
Zeit.

Heute

Zuwenig Gegenwart.
Zuviel Vergangenheit
zuviel Zukunft.
Zwischen
gestern und morgen
versteck ich mich
heute.

Flucht

Immer wenn wir reden
obwohl es im Moment
nichts zu sagen gibt
immer wenn wir lachen
obwohl es im Moment
nichts zu lachen gibt
immer wenn wir etwas tun
obwohl es im Moment
nichts zu tun gibt
laufen wir
uns
ein Stückchen davon.

Einsicht

Du wolltest
das Glück
greifen festhalten
am liebsten
für immer.
Inzwischen weißt du
es dauert nur
einen Augenblick
bist zufrieden damit.
Für einen Augenblick
verzaubert es dich
wie Glühwürmchen
Sternschnuppen
und Sonnenstrahlen.

Wunschzettel

Möchte einig sein
mit meinen Widersprüchen
mutig leben
mit meiner Mutlosigkeit
möchte Geduld haben
mit meiner Ungeduld.
Möchte antworten
mit meinen Fragezeichen
nicht aufhören zu fragen
wenn ich Antwort gebe.

Seitdem du fort bist

Trotz hochgestellter Heizung
sind die Räume kalt.
Meine Topfblumen lassen
die Köpfe hängen.
Der Sommer ist vorbei.

Ich müßte meine Haare waschen
und den blinden Spiegel putzen.
Jeder Tag ist eine Woche
der Abend eine Ewigkeit.
Ich male deinen Namen
in die Staubschicht
auf dem Schrank.

Trauriges Vogellied

Überall
gewesen.
Nirgendwo
ein Nest gebaut.
Überall
mein Lied gesungen.
Nirgendwo
Gehör gefunden.
Überall
Federn verloren.
Will
dennoch weitersingen.

Vergeblich

Wir haben nett
geplaudert gestern
meinst du
hast nichts gemerkt.
Mit deinem Charme
und tausend Geschichten
hast du mich
mal wieder vertrieben
schon bevor ich
nach Hause ging.
Mir war kalt
in deinem Schneegestöber.
Vergeblich
meine Hoffnung
auf den Einsatz des
Tauwetters.

Karneval

Mal mir
ein traurig Gesicht
muß
meine Traurigkeit
verstecken.
Trag
eine Maske
und
darf sein
wie ich bin.
Entdecke
mein Lachen.

Heiter bis wolkig

Geht der Sommer
im Winter auf Reisen?
Macht der Frühling
im Herbst seinen Winterschlaf?
Ist der Wind
verwandt mit dem Regen
und der Hagel
verliebt in den Schnee?
Sind Nebel und Frost
gute Nachbarn
und Donner und Blitz
erbitterte Feinde?
Frag die Wolken
sie schmunzeln
und schweigen.

September

Auf dem Balkon
die Geranien
ein bißchen traurig schon
als wüßten sie
die Tage sind gezählt.
Im Haus
Gräser und Blumen
aufgehängt zum Trocknen
der Sommer ist schon
fast Erinnerung.
Die letzten Tage
voll Wärme und Licht
wie eine zärtliche Umarmung.
Behutsam zieht
der Sommer sich zurück.

Herbstgeflüster

Ahnst du
was die Blätter fühlen
wenn sie ihre Farbe wechseln
wenn sie sanft
vom Baum gleiten
als wären sie
nie grün gewesen?

Hörst du
sie flüstern
wispernd leise raschelnd
wenn du über sie gehst
und von einem
weichen Teppich sprichst.

Die Vorratskammer ist gefüllt

für einen langen Winter.
Wie ein Eichhörnchen
habe ich gesammelt.
Sonne Luft und Augenblicke
voller Stille und Beschaulichkeit
fülle ich in Einmachgläser
die ich öffnen kann
wenn der Sommer vorbei ist
wenn das Licht und
die Farben verblassen.

Novembertag

Es wird hell.
Ganz plötzlich
kommt die Sonne
durch die graue
Wolkendecke
ganz unerwartet und
trotz Schlechtwettermeldung
wie ein Geschenk
am Montagmorgen.

Die braunen Blätter
leuchten noch einmal golden
und dein Schritt
wird leicht und schneller.

Der erste Schnee

Heimlich
in der Nacht
ist er gekommen
lautlos
ohne uns zu wecken.
Er strahlt uns an
erinnert uns
an Kindertage.
Verzauberung
für ein paar Stunden.
Mittags
schimpfen wir schon
auf den Matsch.

Krähengesang

So viel
verleugnete Traurigkeit
von Krähen
gesammelt
vertont
gegen die Kälte
gesungen.
Scharenweise
schon heiser.

Alle Jahre wieder

Sie schließen
die Weihnachtsbeleuchtung an
das Scheinwerferlicht
viele Nummern zu groß
zu grell zu laut
für das stille Ereignis
von Bethlehem.

Wir erschrecken die Hirten.

Geschenke

In der Stadt
Weihnachtsgedudel
Ausverkauf der Wünsche.
Ich flüchte
zwischen die Felder.
Für eine Stunde
Schneeflocken und Stille.
Auf dem Nachhauseweg
lächelt mich
ein Schneemann an.
Ich frage ihn
wie man Stille
in Tüten verpackt
hinlegen könnte
unter den Weihnachtsbaum.

Könnte ich doch

wie der Wind
durch alle Ecken fegen
alle Ritzen
in mir durchpusten
meine Gewohnheiten
durcheinanderwirbeln
allen Staub
wegblasen
die Wolkendecke
auseinanderreißen
wenn sich
die Sonne versteckt.

Ob ich mich wohl leiden könnte

Manchmal möchte ich mich
kennenlernen so als ob ich nicht
ich wäre sondern ein
anderer der mir begegnet.

Manchmal möchte ich mich
ansehen nicht im Spiegel mit
meinen Augen sondern
mit den Augen eines anderen
der mich betrachtet.

Verlustanzeige

Ich bin enttäuscht
weil ich mich getäuscht habe.
Nun tausche ich traurig
meine Träume
gegen die Wirklichkeit
mach kein Geschäft dabei.
Auf die neue
Erfahrung
würde ich gerne verzichten.

Wir reden wir schweigen

Wir reden
wenn wir schweigen sollten
wir schweigen
wenn wir reden sollten
und spüren
unsere Hilflosigkeit

Schneckenhäuser

Du sitzt neben mir
und bist nicht da
hast dich verkrochen
irgendwo
in einem Schneckenhaus.
Ich möchte
dich herauslocken
weiß nicht
mit was ich dich erreichen könnte.
Mir fällt ein Vers
aus Kindertagen ein
Schnecke Schnecke komm heraus
strecke deine Fühler aus.
Ich lächele
denke daran
wie oft wir ihn vergeblich sangen.
Ich habe gelernt
daß alles seine Zeit braucht
und versuche
zu warten.

Im Ernstfall

ist jeder allein mit sich
und dem verlassenen Kind.
Die Entfernungen
werden größer.
Nur selten einmal
reicht eine Brücke von
einem zum anderen Ufer.
Nur selten ist jemand da
im Ernstfall.

Worte

haben den Sinn verdreht
Gedanken Gefühle
entstellt.
Erst Mißverständnisse
dann Streit
nur wegen
einiger Worte
die falsch ankamen
und nichts
verständlich machten.
Wir müssen lernen
die richtigen Worte
zu finden.

Mutterwünsche

Manchmal möchte ich
meine Pflichten abends
in eine Schublade legen
wie eine Schreibkraft mit
genauer Wochenstundenzahl.
Manchmal möchte ich
einfach Feierabend machen
vergessen was noch zu tun ist
und nicht wie ein Dieb
mit schlechtem Gewissen
mir Zeit stehlen
für Dinge
die nicht nützlich sind.

Trotz alledem

Mach einen Bogen um mich
versteck dich
wenn du mich siehst.
Ich stolpere heute
über eigene Füße
stoß mir die Knie auf
und Steine leg ich mir
selbst in den Weg.
Wenn du gescheit bist
verschwinde
laß mich in Ruh
oder sag mir
daß du mich magst
trotz alledem.

Besuche

Gestern war ich bei mir
zu Besuch
traf mich nicht an
war unerreichbar
zu weit entfernt um
ins Gespräch zu kommen.
Heute bei dir
kann ich reden mit mir
bin ich mir
wieder nahe.

Blumen für eine Zwölfjährige

Wenn meine Tochter sagt
sie habe keine Lust
erwachsen zu werden
betrachte ich traurig
mein Spiegelbild
die Spuren vom
Erwachsengewordensein
den Alltag und die
festgefahrenen Räder.
Ich stelle Blumen
in ihr Zimmer
und versuche ein Lächeln.

Für Susanne

Du mußt dich leicht machen

sagt dein Sohn auf der Spielplatzwippe
nachdem er dich überredet hat
mit ihm zu schaukeln.
Du spürst dein Gewicht
den Alltag den Trott die Gewohnheit
deine enttäuschten Hoffnungen.

Du schaust ihn an
wie er strahlt
wie unbelastet er ist
wie er platzt vor Unternehmungslust.
Alles verliert an Gewicht
und er sagt
daß du ein klasse Schaukler bist.

Für Christoph

Wie gestern heute wie morgen

Kein Sterntalerland
auf der Erde.
Nur
Menschenkinderträume
von Dornröschen
Froschkönig
und einem Weg
durch die
Dornenhecke.
Über uns
der Sternenhimmel.

Zeichensetzung

Ich bin ein Punkt
am Ende
ein Komma
irgendwo dazwischen
ein Gedankenstrich
ein Auslassungszeichen
ein Fragezeichen
viel zu oft
und beneide das Rufzeichen
Rufzeichen

Montag

Wie ein unbeschriebenes Blatt
schaut mich
die neue Woche an.
Ich will sie beginnen
wie früher
die erste Seite
im neuen Schulheft.

Anschließend

In den Urwald möchte ich
mich jagen
dahin wo der Pfeffer wächst
möchte nicht zu mir
gehören
mich trennen von
diesem Trampeltier.
Wie ein Elefant im Blumenbeet
zertrete ich
immer wieder meine
schönsten Pflanzen.

Verzettelt

Zur Zeit nichts
das mir gehört.
Meine sieben Sachen
verstreut
in alle Richtungen
kann mich
nicht finden
bin unterwegs
überall und nirgendwo.
Ich muß mich
kümmern
um mich und
meine sieben Sachen.

manchmal geht die sonne abends auf

du stehst mit
dem linken fuß auf
und der kragen
ist dir schon am morgen
zu eng
die fliege an der wand
ärgert dich beim frühstück
und mittags
findest du nicht nur
ein haar in der suppe
und draußen
nur regen
dann platzt dir
der kragen
du erschlägst die fliege
und dein liebstes
spielzeug

und möchtest dich doch
nur selbst
in den pfeffer schicken
am abend
schaust du dir
die scherben an
das zusammenflicken
ist mühsam
doch dabei findest du
deine schokoladenseite
wieder und dann
endlich auch mich

Wer hat schon Flügel

Kopf und Kragen
riskieren
auf und davon
fliegen
über sieben Berge
sehen
blaue Blumen
finden
vielleicht
irgendwo
aber

Unbeirrt

Trotz täglicher Irrtümer
weiterleben.
Unglaubliches glauben
in der Hoffnung
auf das Ende
der Hoffnungslosigkeit.
Worte suchen
die es nicht gibt
unbeirrt.

Kindheit

Immer trägst du
dieses Bilderbuch
mit dir herum.
Reiseballast und
angenehmes Handgepäck zugleich.
Wenn du die Seiten durchblätterst
siehst du die Feen
mit ihren Geschenken
die nie müde werden
dir ihre Liebe zu zeigen
siehst den Wolf
der dir heute noch angst macht
die Hexen
die dich verspotten und
lachend an dir vorbeitanzen.
Und immer noch
wärest du gerne
Sterntaler Aschenputtel und Goldmarie.

Generationsproblem

Wovon ich leben will
hast du gefragt.
Hättest du gefragt
wofür ich leben will
könnten wir
miteinander reden.

Nichts als Worte

Unausgesprochen
das Wichtigste.
Du versuchst
zwischen den Zeilen zu lesen
und siehst nur ein Loch.
Füllst es mit Worten
und kannst doch
keine Brücke bauen.
Ein langer Abend
und nichts als Worte.

Alle würden mich Monster nennen

Hätte ich doch eine Elefantenhaut
oder die sieben Häute
einer Zwiebel.
Könnte ich doch
eine Ritterrüstung tragen
und mir einen
feuerspeienden Drachen
als Haustier halten.
Alle würden
mich Monster nennen.
Aber ich hätte
keine Angst mehr
vor nichts
und niemandem.

Traurige Zeiten

Ich möchte mal wieder
eine Sternschnuppe sehen
mir etwas wünschen
ohne zu fragen
ob Wünsche
in Erfüllung gehen.
Oder ein vierblättriges
Kleeblatt finden
in eine Schachtel legen
daran glauben
daß es mir Glück bringt.
Nicht einmal
ein Schornsteinfeger
läuft mir
über den Weg.

In meinen Träumen

In meinen Träumen
habe ich Flügel
bin vogelleicht.
In meinen Träumen
bin ich
überall zu Haus
und doch
vogelfrei.

Aus meinen Stacheln

hast du Samtpfötchen gemacht
ein Nest gebaut in
meinem Chaos.
Nun öffne ich Sanftmut
und Geduld die Tür
nenne sie meine Freunde.
Traurigkeit schicke ich
nicht mehr fort.
Sie hat ihren Platz
an unserem Tisch.
In deinem Spiegel
habe ich mein Bild gefunden.

Pusteblumensonntag

Fallschirme schweben über
die Wiese
weiße zarte Ballettänzer
das Orchester auf den
Bäumen zwitschert und flötet
ohne Pause
behutsam führt ein sanfter Wind
den Taktstock und
schmeichelt den Pusteblumen
die letzten Tänzerinnen ab.
Ich liege im Gras
applaudiere bin andächtiges
Publikum
und wäre viel lieber
mit auf der Bühne.

Augenblicklich

Nur Stille in der Luft
keine Bewegung
kein Wind unterwegs
erst recht kein Sturm.
Nur Blau am Himmel
keine Wolke
kein Tief in Sicht.
Der Wind hält Siesta.
Augenblicklich nichts
das beunruhigt
nichts das antreibt.
Vielleicht schläft
der Wind diesmal länger.

Vogelkind

Bist aus dem Nest
gefallen
bevor du fliegen konntest.
Vogelkind mutiges
hast hüpfen gelernt
allein
viel später auch
fliegen.
Vogelkind trauriges
kannst nicht wirst nie
vogelleicht
in den Süden mitfliegen.
Vogelkind liebes
bist Schwester mir
komm
ich bau dir ein Nest.

Ganz leise

Noch hängt alles
am seidenen Faden.
Ganz zaghaft
diese ersten Schritte
wie neugeborene Fohlen.
Ganz langsam
dieses erste Aufrichten
wie junge Bäume
nach dem Sturm.
Ganz leise
dieses erste Lächeln
unendlich wohltuend
wie erste Sonnenstrahlen
nach langen grauen Tagen.

Vorläufig

Noch kehren
die Zugvögel
jedes Jahr zurück.
Wie lange noch
bauen sie Nester
in unseren Bäumen?
Einsam
werden wir sein
wenn ihre Lieder
verstummen.

Kein Tag zum Freuen

trotz Sonnenschein.
Hatte vergessen
daß ein Sommertag
weh tun kann
will deinen Trost
jetzt nicht.

In meinem Garten
säe ich Blumen
gegen die Traurigkeit
bunte Sommerblumenmischung
steht auf der Tüte.
Die Erde ist warm
und lebendig
zuverlässig wie immer
ihr kann ich vertrauen.

Hoffnung

wie Unkraut
nicht kleinzukriegen
wächst wo sie will.
Winzling zwischen
Pflaster und Beton
mit kleinen Blüten
in zarten Farben.
Schon oft zertreten
weggeworfen
für kurze Zeit
wächst neu
an anderer Stelle
unberechenbar.

Unkraut vergeht nicht.

Vielleicht morgen

Vielleicht
springen wir morgen
auf den Mond
rutschen den
Regenbogen herunter
bauen einen
Schneemann mitten
im grünen Klee
und schmücken ihn
mit Heckenrosen.
Vielleicht sind wir
morgen wieder
zu Hause.

Gebranntes Kind

Gestern machte
ich meine Türen auf
öffnete alle Fenster
wollte Sonne Luft
in meinen Räumen haben.
Als ich in der Ferne
Feuer sah
schloß ich mich wieder ein.
Kann kein Feuer sehen
ohne zu erschrecken
bin ein gebranntes Kind.

Langsam

Wir hören unsere Stimme
nicht mehr.
Zu viele Stimmen
zu viele Geräusche
haben uns taub gemacht.

Schweigen und Stille
sind uns unheimlich geworden.
Wir gehen ihnen aus dem Weg
gehen uns selbst
aus dem Weg
und werden langsam taubstumm.

Unerwartet

Du hast heute nicht
mit Sonnenschein gerechnet
nicht mit einer
geöffneten Tür und
einem festen Händedruck.
Dankbar öffnest du
deine Hände und
lächelst aus allen Ritzen.

Treue

Gute Freunde
sind
wie Sterne in der Nacht.

Auch
wenn sie manchmal
hinter den Wolken sind
weißt du
sie sind da.
Immer wieder.

Vertrauen

ein Vogel auf meiner
ausgestreckten Hand.
Ich halte ganz still.

Hoffnung

ein bunter Regenbogen
zwischen Erde und Wolken.
Ich atme wieder.

Zuhause

Alle
sind zurück.
Draußen
Regen Nebel Wind.

Türen Fenster
klappern
vor Kälte.

Alle
sind zurück
mit heiler Haut
und leiser
Müdigkeit.

Feierabend
Wochenendanfang.
Es knistert
vor Gemütlichkeit.

Ermutigung

Ich habe Dich
gefunden
und verliere
Dich täglich.
Du bleibst
mir fremd
und warst mir
immer schon
vertraut.
Halt mich fest
in Deiner Hand
und laß
mich los
wie den Drachen
im Wind.

Es gibt Tage

Du fühlst dich leicht
wie ein Luftballon
eigentlich grundlos
nur so
möchtest tanzen und hüpfen
auf einem Schornstein sitzen
und über deinen Schatten springen.
Du bist dir selbst
nicht im Wege
wie so oft
und alles gelingt
heute.

Und einen Augenblick später

Du meinst
du hast es geschafft
es wird gelingen.

Du fühlst dich gut
siehst ein Ziel
einen Weg
eine Hoffnung
ganz nah.

Und
einen Augenblick später
fängst du
ganz von vorn wieder an.

Nachtrag

Immer
laufe ich
hinterher
komme zu spät
versäume
den Zug
trauere
den verpaßten
Gelegenheiten nach
und habe
schon wieder
den richtigen Augenblick
verpaßt.

kein strickmuster

ich finde mich nicht zurecht
zwischen linken und rechten
zwischen schwarzen und roten
zwischen grünen und braunen

dann sind da noch
die rechten linken
und die linken rechten
und die in der mitte
und die von gestern
die übriggebliebenen
und die
die ihrer zeit weit voraus sind

ich finde mich nicht zurecht
und suche mich unter den zweiflern

Tagesthemen

Warum verschweigen
Zeitung und Nachrichtensprecher
den Schutzengel
der heute dabei war
mitten im Chaos
Und den Mut
der täglich geprobt wird
mitten im Alltag
Den festen Händedruck
der Freundschaft besiegelt
mitten in Krisen
Warum verschweigen sie
Wolken und Sterne
den Wind der nicht aufhört
zu säen
Selbst Nachtigallen
soll es noch geben.

Bemüh mich um Haltung

Bin verdächtig
geworden.
Hab Unruhe gestiftet
in ruhigen Gemäuern.
Einigkeit stand
auf der Tagesordnung
Zweifler nicht anwesend
Meinungsaustausch
unerwünscht.
Hab keine
Kriegserklärung
auf den Tisch gelegt
nur langverstecktes
Unbehagen.
Bin verdächtig
geworden
steh draußen.

Kreisspiel

Du hast eine Meinung.
Du hast eine eigene Meinung.
Du hast eine andere Meinung.
Du hast eine unerwünschte Meinung.
Du bist anderer Meinung.
Du bist unerwünscht.
Ene mene mu
raus bist du.

Schlag die Tür nicht zu

Wenn nicht
so viele Türen
zugefallen wären
zwischen Eltern und Kindern
brauche es nicht so viele
Häuser der Offenen Tür
zu geben.

von staats wegen

deine daten werden
vereinnahmt statistisch sortiert
abgestempelt und besiegelt
du bist registriert
erfaßt gemeldet numeriert
wirst in listen urkunden
karteien und stammbüchern
verwaltet
obwohl dein ausweis
dir amtlich bestätigt
besondere kennzeichen
keine

Gesichter in der Stadt

zugeklebt
abgeschlossen vergittert
gesichtslos

Ab und zu
sehende Augen
ein offenes Lächeln
der Anfang
einer Melodie

Manchmal wünsche ich mir

durch Felder und Wiesen zu laufen
stundenlang
ohne Uhr ohne Ziel
ohne euch
nur mit mir
mit meinen Gedanken
meinem vernachlässigten Innenleben.

Manchmal wünsche ich mir
auszubrechen
aus der Enge
aus der Vielzahl der Pflichten
für ein paar Stunden.

Manchmal wünsche ich mir
gegen den Wind zu laufen
seine Frische und Freiheit zu spüren
und in der Sonne auszuruhen
ihre Kraft und Wärme aufzunehmen.

Manchmal wünsche ich mir
ein Stückchen Freiheit
für wenige Stunden.

Ich käme zurück
mit vollen Händen
mit Sonne und Wind
den Arm voller Blumen
für euch.

Nicht heute

Ich weiß
wie es aussieht
überall und nirgendwo
schließlich lebe ich
nicht erst seit gestern.
Das Durcheinander ist alt
das Chaos bleibt
lebenslänglich
so vieles ist zu tun.
Aber heute will ich
einen Platz für mich
will die Sonne
den Himmel
so selten hat er dieses Blau.
Will spüren
daß meine Füße
leicht sein können
heute will ich mich freuen
daß es mich gibt.

Entwarnung

Kein Katastrophenalarm gestern
als deine Burg wie
ein Kartenhaus schwankte.
Kein Feueralarm gestern
als dein Haus in
Flammen stand.
Heute hältst du
mit beiden Händen fest
was übrigblieb
ein zerbrechliches Nest
das du beschützen willst
mit beiden Händen.

Schatten

Du hast Angst vor dem Alter
vor dem Nachlassen deiner Kraft
vor dem Verbrauchtsein.

Manchmal
siehst du alte Menschen
mit einem Lächeln im Gesicht
und die Schatten werden kleiner.

Glück

Immer
wenn ich nichts erwarte
nichts beabsichtige
wunschlos bin
geschieht es.
Ganz überraschend
gelingt
was so oft
danebenging.
Ganz plötzlich
geschieht es
ist alles so
wie schon lange erhofft
immer
wenn ich nichts erwarte.

Friedliche Zeiten

Hab mich inzwischen
mit mir angefreundet
auch mit meinem Namen
und den vielen
angestoßenen Ecken.
Es gab Zeiten da
wollte ich aus meiner Haut
wollte einer sein
selbstbewußt und tüchtig
immer wissen
wo's lang geht.
Hab mich angefreundet
mit mir und
meinen Fragezeichen.

Nicht verpassen möchte ich

das Einsetzen des Tauwetters
die Rückkehr der Zugvögel
das Aufspringen der Knospen
den Aufstieg des Kometen.
Nicht verpassen möchte ich
die Flucht der Mächtigen
die Auferstehung der Schwachen.
Nicht verpassen möchte ich
den Tag
an dem alle Felder grün
sind von Hoffnung
an dem auf allen dunklen Wegen
Kerzen leuchten
an dem die Menschen
sehen hören und sprechen
den Tag
an dem Steine weich werden.

Ich möchte dabeisein.

Unterwegs

Ich such einen Hafen
zum Überwintern.
Will mein Boot
anlegen ausruhen
von Sturm und hohen Wellen.
Will fest verankert
sein in meiner Mitte.